U0109816

赤縣行腳 神州心旅

迴盪千載的夢魂遊蹤

陳福成｜著

自序

關於本書：神州大地的千載行腳心旅遊蹤

這是一本我遊走神州大地的「詩情畫意」，範圍廣達神州大地河海江洋千萬里，時間穿透時空五千年。

第一輯「西湖春曉 黃山導遊」：是我第一次面見「千載未曾謀面的老娘」的地方，雖千年未見，且老娘真的很老，但終究是老娘。一見面就很親切，沒有陌生的感覺。西湖、黃山，依舊是老娘的經典之美。

第二輯「北京的天空　探索一顆心」：這裡向來是神州大地的心臟，自古以來，華夏子民是否平安健康？炎黃子孫是否強大繁榮？只須在北京聽聽「心跳」，量量「血壓」，便知吾國吾民概況。

第三輯「神州心靈旅痕　夢魂迴盪千載」：乘我的「詩船」，快速心賞神州上百盛景，包括珠穆朗瑪、泰山、華山、天池、喀納斯湖、黃果樹、火焰山、九寨溝、祁連山、龍門石窟……

第四輯「涿鹿神州　為何而戰？」：再乘我的「詩光機器」，穿透時空，回到五千年前，面見炎、黃二帝，自「涿

鹿之戰」後，在神州大地發生的五十二次關鍵戰役，一詩賦一戰。

本書在編排上，除詩文外，採用部分在神州大地各盛景所拍的照片，一為閱讀上的輕鬆，更盼帶給讀者有視覺上的美感。

《序詩：之一》

相思

半生尋尋覓覓

只想著尋流溯源，追根究底

終於來到秋水之湄和葡萄園鄉

滿山遍野都是奇花異草

個個都是人中龍象

可我，獨愛那

雁翼、木斧、沙馬、魯川、李明馨和蔣明英

華心、穆仁、段焰、荒田、何夕報和蔣登科

我逐一審視、閱讀或縱橫切片

恨不得把他們一個個都釀成一罈酒

才能解我半世之相思苦

但終究是杯水車薪

遠水救不了近火

就讓那相思情燒了吧！

只因老爸說五十多年前自天府之國來

那一絲絲血脈，燃起的相思情

就算一夜飲盡整罈酒

飲盡秋水和滿園葡萄蜜汁

又能如何？相思依舊

寫於老爸來台第五十六年，公元二〇〇六年夏日

發表於「秋水詩刊」，一三一期

誰是永恆

在春秋大義面前
夏商周秦漢三國晉
南北朝隋唐五代
宋元明清
全都垮了

詩作　台灣　陳福成
書法　大陸山西芮城縣　劉增法

唯一永恆不垮的
　就是母親
啊中國
你才是永恆不倒的
　神祇

丁亥年　中國山西芮城　增法敬筆

目次

自序 003

序詩::之一 006

序詩::之二 009

輯一　西湖春曉　黃山導遊

想我未曾謀面的老娘 019

西湖 020

回想西湖當年 022

西湖畔小酌偶感 024

蘇堤春曉 027

斷代的疑惑 029

杭州到黃山的半路上 031

黃山導遊 033

蓮花峰 036

讀一個景 038

黃山之夜的夢境 040

黃山看海 042

人在黃山中 044

輯二　北京的天空　探索一顆心

第一次的北京天空 049

探索那一顆心 051

北海公園 053

蘆溝老橋 054

圓明園 056

長城新謠 058

獨坐北京城 060

輯三

神州心靈旅痕

夢魂迴盪千載

逛王府井 061

北京歸來 063

珠穆朗瑪峰 067

貢嘎山 068

博格達峰 069

梅里雪山 070

泰山 071

華山 072

峨嵋山 073

五台山 074

黃山 075

武夷山 076

阿里山 077

盧山 078

長白山天池 079

天山天池 080

納木錯 081

青海湖 082

喀納斯湖 083

西湖 084

茶卡鹽湖 085

肇慶星湖 086

日月潭 087

洱海 088

漓江 089

塔里木河 090

三江并流 091

德天瀑布 092

黃果樹瀑布 093

壺口瀑布 094

黃土高原 095

五彩灣 096

小寨天坑 097
織金洞 098
香格里拉 099
石林 100
武陵源 101
九寨溝 102
稻城 103
黃龍 104
塔克拉瑪干沙漠 105
將軍戈壁 106
火焰山 107
羅布泊 108
烏爾禾魔鬼城 109
阿里 110
鳴沙山 111
雅魯藏布大峽谷 112
長江三峽 113
太魯閣大峽谷 114

怒江大峽谷 115
祁連山草原 116
壩上草原 117
呼倫貝爾草原 118
天涯海角 119
西沙群島 120
鼓浪嶼 121
亞龍灣 122
東寨港紅樹林 123
香港 124
平瑤古城 125
鳳凰古城 126
麗江古城 127
皖南古村落 128
福建土樓 129
開平碉樓 130
烏鎮 131
屯溪老街 132

周庄 133

萬里長城 134

北京故宮 135

天壇 136

布達拉宮 137

承德避暑山莊 138

孔廟孔府孔林 139

武當山古建築群 140

雲岡石窟 141

龍門石窟 142

大足石刻 143

蘇州園林 144

頤和園 145

明清皇家陵寢建築群 146

都江堰 147

坎兒井 148

京杭大運河 149

元陽梯田 150

大興安嶺 151

神農架 152

西雙版納 153

四姑娘山 154

梵淨山 155

臥龍 156

扎龍 157

東方小巴黎哈爾濱 158

足球槐花服裝城大連 159

東方瑞士青島 160

近代中國縮影上海 161

澳門 162

輯
四

涿鹿神州
為何而戰？

涿鹿之戰 165

湯放桀鳴條之戰 166

武王伐紂牧野之戰 167

宋楚泓水之戰 168

晉楚城濮之戰 169

晉楚鄢之戰 170

晉楚鄢陵之戰 171

伊闕之戰 172

秦拔郢城 173

秦滅趙長平會戰 174

秦滅趙之戰 175

秦滅燕魏齊楚 176

秦軍與項羽鉅鹿之戰 177

劉邦入秦之戰 178

楚漢垓下會戰 179

漢匈上谷之戰 180

霍去病取河西及祁連山 181

漢軍漢北戰匈奴 182

漢匈決戰 183

劉秀復國 184

班超征西域 185

赤壁之戰 186

孔明五次北伐 187

祖逖北伐 188

淝水之戰 189

唐太宗征高麗 190

後晉石敬塘賣國取位 191

周世宗親征南唐 192

宋遼之戰 193

宋夏百年戰事 194

宋金之戰 195

宋蒙之戰 196

元太祖西征 197

窩闊台西征 198

旭烈兀統軍三征 199

朱元璋北伐統一 200

燕王纂位之戰 201

明成祖征蒙古 202

15

漢倭奴王國首次侵華　203

倭奴王國二次侵華　204

倭奴王國三次侵華　205

倭奴侵略成性　206

鄭成功收復台灣之戰　207

薩爾滸之戰　208

澎湖海戰　209

清代俄人侵華　210

鴉片戰爭　211

太平天國起義　212

八國聯軍攻北京　213

日俄戰爭　214

國民革命　215

國共內戰　216

西湖春曉

黃山導遊

想我未曾謀面的老娘

第一次出國竟是回國

急著想看看我那未曾謀面的老娘

飛機一落地就有感覺

說不上來，似曾相識

無論如何！總是老娘

啊！中國

看到了妳，我就放心

二○○三年三月二十六日
初到杭州機場的感覺

西湖

曾在歷史時空中

魚雁往返的

情人

只在一封封甜言蜜語的情書

認識了妳

今日一見就有

六分因緣三分親切

留下一分讓我們各自努力

苦等五十年的第一眼印象
不僅似曾相見
夢中魚雁往返
情人，妳該也是
傳說中的親人吧！

輯　一

西湖春曉　黃山導遊

回想西湖當年

那時，似曾親眼目睹

兵荒馬亂的年代

北風南吹

狂飆颯颯

黃河長江之水向南奔流

一路上，王師驚惶潰逃

棄甲宵遁

杭州西湖岳王廟

直到穩住西湖

被西子姑娘的秀麗明媚所吸引

且消釋了北伐戰火

使風坡亭前，忠魂不散

西子姑娘免不了拿出絕活

以千年青春好好侍候岳武穆

共構成一幅西湖美景

成為中國永恆的史詩

二○○三年三月遊西湖
回想當年那一幕情景

西湖畔小酌偶感

坐在花中城藕香居一個角落

做白日夢

想著

八千里路雲和月

二十功名塵與土

都沒有機會實現的願望

如今這麼容易就

因緣具足

坐定西湖畔，與姑娘談情說愛

憑軒而望

舉一杯茶把遠山拉近

就在小山邊距雷峰塔不遠

許仙和白娘子打傘上岸

向著藕香居走來

過不久，一票人擺開陣勢

水淹金山寺的戲碼已經是落伍的思想

現在改革開放，積極幹活

門廳是法海坐堂

白娘子打理酒店

西湖春曉　黃山導遊

十二位美麗大方的小青一字排開

嫣然一笑，端菜上來

十二個少爺師哥忙裡忙外

原來是許仙哥哥們

看他們幹活的神情可以保證

神州興起

照這樣幹下去

遲早白花花的銀子淹過金山寺

淹過東洋、西洋人的腳目

二○○三年三月在西湖花中城藕香居小酌有感

蘇堤春曉

晨風疏理過的蘇堤

和東坡剛出爐的詩

那樣吸引人

小鳥唱歌跳舞

遊人如織

宋高宗的遊船也已飄來

長橋不長，斷橋不斷，孤山不孤

北伐已遠

湖上晨昏一樣度春秋

二〇〇三年三月在西湖蘇堤

想到一些歷史問題有感

斷代的疑惑

這一路上所見可奇了
明清古村落
原樣保留
夏商周遺址
似才出土
投過來的是
一波波滯鈍的問號
這是甚麼朝代了？

黃山附近的宏村古村。

這是超現代嗎？

換我投過去一波波疑惑的問號

就到了黃山獅林大酒店

總算走過二十六朝代

一路辛苦

二〇〇三年三月從杭州到黃山，

古代和現代同時出現在眼前，是奇也是憂。

杭州到黃山的半路上

一路顛簸已過七小時

聞說江山千萬里

就在前面一點點

隱隱約約，再好的眼力也是

望之不盡

下了車

兩腿使力的走

總算快要到山門
又覺得遙遠的地方
一顆心，普通、普通
門
就在前面一點點

二○○三年三月，那天從杭州乘遊覽車到黃山，覺得好遠，像出遠門很久，急著趕回家的遊子。

黃山導遊

飛龍在天，暫居黃山

九龍、飛龍、老龍

神龍見首不見尾

強龍也不壓地頭蛇

雞公、青蛙、猴子、獅子、鰲魚、蛤蟆

各有主權，各有一片天

這裡也是神仙居住的理想國

軒轅、仙人、神仙、道人、望仙、十八羅漢

仙女個個賽名模

簡直是人間天都

若你還是找不到，可到逢萊三島或

上半山寺，在月牙亭中有

仙人指路

慢慢走，不累，一上去

光明頂、慈光閣、芙蓉峰、翡翠池、曙光亭

或看看

桃花、蓮花、蓮蕊、夢筆生花

別以為黃山只能看山

有海、有雲、有瀑、有泉，應有儘有

西海、北海、天海、臥雲、雲外、人字瀑

三疊泉、百丈泉、飛來石和奇松異人

真是道不儘的百步雲梯、試劍醉石

看不完那九九八十一峰

峰峰相連通天都

蓮花不高眾峰簇擁

黃山不黃，天下第一紅

二○○三年三月

蓮花峰

山在海上飄移

不久又浮上雲際

且有雪在山澗

而人

在虛無飄渺的空靈中

放眼望去

峰峰都是可以見證的

神話

霎時

蓮花朵朵開

有芬芳霑惠

此刻，人人都是可知可感的

神仙

面對一朵蓮花的微笑

此刻，我便是坐在蓮花上

一朵永恆的觀音

二〇〇三年三月在蓮花峰上看「蓮花」

輯　一

西湖春曉　黃山導遊

讀一個景

峰

讀我，懂或不懂，不重要

關鍵不在你學問高低

看見了觀音跏趺便是

悟道

松

讀我，懂或不懂，不重要

從姿勢看我百年練舞的功力

從我彎腰的程度知

真誠

菩薩

不時聽聞傳來的法音也成

一路上讀著李杜便成詩人

讀我，懂不懂也都不重要

寺

二〇〇三年三月遊黃山看景

西湖春曉 黃山導遊

黃山之夜的夢境

一躺下來就進入五千年時空夢境

稍縱即逝的一小段情節

卻有一股力量

牽引著我

這一刻，一塊黃山土被無限上綱成

一千一百萬平方公里的中國

現在便是上古

先晉謁三皇五帝，請安問好

再拜見秦皇漢武，頌揚武功

一路求見下來

唐太宗、宋太祖……少不了客套一番

都那麼的熟悉

啊！原來以前都見過

就像一個個老朋友

黃山獅林大酒店夢境印象

二〇〇三年三月住

黃山看海

上黃山除了看山

也看海

雲海、天海，海天茫茫

九九八十一峰

海中浮浮沉沉

自由自在

飄著

波海無邊

群峰只顧著飄

各有定力，不會相撞

海上黃山

有道人、神仙、飛龍

可觀瀑、立馬、臥雲

這世界，何處

海在山中，上山看海

二○○三年三月在黃山
雲多雲美如在海上仙山

人在黃山中

轉一個彎
便是另一個世界，換一個空間
現在進入一座絕美空靈的夢境
境中有你，你在境中
各造早已物我兩忘

又上一梯，來到仙境
山峰雲霧飄飄然
分不清我在走路或誰在爬山！

這是自動飄移的世界

驚奇　絕美

眼前一片靈異

飄然過一峰

想要瞧個清楚

默然　默默

看不清妳的容顏

只見遠處有倩影

引著遊人再過一峰

二〇〇三年三月人在黃山中一種感覺

輯　一

西湖春曉　黃山導遊

北京的天空

探索一顆心

第一次的北京天空

飛機緩緩的接近北京天空

腦海中呈現頤和園的景象

那群頹廢的幽魂在何處飄泊

而老祖宗的靈氣

飄成朵朵雲彩拱起日昇之陽

此刻，蘆溝橋之恥未雪吧

一股巨大的力量

北京街頭現代藝術。
（2007年11月）

北京街頭現代藝術。
（2007年11月）

如宇宙最初的擴散

向四方延伸

擁抱新世紀

記二〇〇七年十一月初第一次飛臨北京天空的感受

探索那一顆心

這是第一次到北京

為甚麼那一顆心很激動？

為甚麼血液流速加快？

鐵定是炎黃中國心的緣故

一下飛機就想親吻土地

聞一聞小草的芳香

最重要的是傾聽那一顆心

從核心發出的聲音

是十三億顆中國心

雄壯的氣魄，高聳崛起的形象

也正是我的熱情

十三億顆心凝昇成一顆壯大的心

用我們的雄心壯志

奔向二○○八

辦一場三皇五帝以來最偉大的盛事

我看到一顆心

小記：二○○七年十一月二日晚上，在北京梅地亞飯店內，想著中國人終於要辦奧

運了。此刻電視也正報導「嫦娥一號」奔月新聞，一顆心頓然澎湃起來。

北海公園

北海的晚風吟唱詩歌

遊人如醉

初冬　如春

御膳房的滿漢全席

慢慢品嚐

后妃宮女在旁侍候

蘆溝老橋

你誕生於金
一路走過千年
見証許多朝代興衰
你當過最離奇的終極証人經歷
就是七七事變了
倭奴寇國的鬼兵鬼將
竟在橋上撒野

你是一座橋也不甘受辱

起而喚醒中國魂

迫懾倭奴邪魔

我們犧牲無數生命財產

經八年而驅鬼

啊！老橋，有你在

我們永遠不怕鬼

在北京買到一張蘆溝橋老照片，神遊其上，

記於二○○七年底，台北。

輯 二

北京的天空 探索一顆心

圓明園

就算已是黃昏

仍然是太陽

萬園之園的東方凡爾賽宮

正是王者之尊

西方文明孕育的

強盜、土匪

在東方肆虐搶劫焚燬

現在太陽仍照耀着作案現場

國恥不能忘

作案現場不能毀屍滅跡

留住一口永久的警鐘

以警生生世世中華子民要爭氣

小記：第一次北京行，事先盤算着可有機會走一趟圓明園，因北京文聯行程多而未能親睹一八六〇年的西方土匪作案現場，但我對圓明園廢墟仍關心。近年對於是否修復、重建或保留現場，有很多爭議，但絕大多數中國人主張保留，我亦同感，國恥決不能忘，應讓圓明園廢墟成為「國恥紀念地」，成為民族永久警鐘，以警炎黃子孫。寫於二〇〇七年底台北。

輯二

北京的天空　探索一顆心

長城新謠

埃臺、堡砦、戰壘、雉堞，還有
每一塊泥磚、石子、糯米和沙土
共同頂立在大漠荒原高山平原
一入定就是千百年
始終堅定凝結，醒時奔騰成
一條龍
也是中華民族最偉大的血淚史詩

風一路吹過來

春秋戰國的風聲日緊，戰鼓頻催

秦漢三國盛唐五代，何時沒有飆風颮颮

多少兵馬朝代消逝興亡

我仍見秦時明月漢時關

惟長城仍頂天立地

永恆的巨龍，在金戈鐵馬中

矛盾、衝突、頓悟、學習、整合又統一

巨龍又飛過宋元明清，昂望新世紀清風明月

此刻我，乘覽車直上

只見人龍舞動，經濟起飛

獨坐北京城

心思投射四極

統懾四方

薩彥嶺、噴赤河、曾母暗沙、台灣、琉球、倭奴王國

我的血肉是這片國土

從薊到北京都是我

在這裡

誰不想當朕

二〇〇七年十一月三日晚在北京

梅地亞飯店

北京紫禁城，午門和內金水河。

逛王府井

王府井人山人海

我佇立

看夜晚燈火

似祖宗魂影

腳下的土地在呼喚

夜深，有不一樣的聲音

北京的天空　探索一顆心

啊！巨大的冰山
在王府井露出一角

二〇〇七年底北京歸來

北京歸來

之一：蹺蹺板

這邊上升，那邊下沉

那邊上升，這邊下沉

現在這邊一直沉沉沉

何時上升

之二：猿人

在北京

未見北京猿人
回來後見猿人快要長大
——徹底去中國化後

之三：一個機制

遙想當年遼、金、夏、滿……
爭相入關，入主中原
一入關便啟動了那個機制
亡國滅族

二○○八春於台北

神州心靈旅痕

夢魂迴盪千載

珠穆朗瑪峰（中國與尼泊爾交界）

珠穆朗瑪神女峰，
巍峨頂天是天工；
群峰攢動勢雄渾，
皚皚白雪恍幻中。

神州心靈旅痕　夢魂迴盪千載

貢嘎山（四川省）

蜀山之王是貢嘎，
神鬼雕琢橫斷插；
冰峰連綿潔白雪，
香格里拉異拉撒。

博格達峰（新疆、天山山脈東部）

天山明珠博格達，
三峰并起金字塔；
雲霄沖天勢不凡，
碧水藍天雪峰拔。

神州心靈旅痕　夢魂迴盪千載

梅里雪山（雲南省德欽縣東）

雲之南有梅里雪，
三江并流湛藍美；
逶迤北來十三峰，
佛子朝覲人不絕。

泰山（山東省中部）

東岳泰山雄奇絕，
五嶽獨尊峰累疊；
封禪祭天固政盤，
民族文化聚岱岳。

神州心靈旅痕　夢魂迴盪千載

華山（陝西西安以東）

天下奇險第一峰，

斧劈刀削梯騰空；

鷂子翻身心胆寒，

西岳大帝鎮廟中。

峨嵋山（四川省）

秀麗端妝峨嵋美，
金頂日出情獨魅；
萬盞神燈朝普賢，
銀色世界植善業。

神州心靈旅痕　夢魂迴盪千載

五台山（山西省東北部）

文殊菩薩鎮五台，

龍華赴會大家來；

華北屋脊清涼山，

藏傳佛香遠播開。

黃山（安徽省南部）

五岳神靈聚黃山，
千變雲海漫渾然；
蓮花光明天都峰，
天下無岳空靈禪。

神州心靈旅痕　夢魂迴盪千載

武夷山（福建省西北部）

三三秀水清如玉，
六六奇峰插天奇；
玉女峰聳曲溪南，
生物多樣保珍稀。

阿里山（台灣省）

日出雲海有五奇，
鄒族瑪雅斯比祭；
蓊鬱俊美林森森，
一抹紅暈東方異。

輯　三

神州心靈旅痕　夢魂迴盪千載

盧山 （江西省九江市）

白鹿理學在匡廬，
銀河飄落疊泉谷；
特有生靈中國型，
僧慧蓮社創淨土。

長白山天池 （吉林省東南）

長白天池源三江，
仙女溫泉神奇香；
碧玉鑲嵌晴空淨，
神秘生靈引迷想。

神州心靈旅痕　夢魂迴盪千載

天山天池（新疆省阜康線）

王母穆王瑤池宴，
定海神針現眼前；
一泓碧玉青山臥，
銀鏈飛瀉意象鮮。

納木錯（西藏當雄和班戈縣境）

五方佛化納木錯，
渾然仙境莫云說；
無量功德繞湖行，
瑪尼經幡能解惑。

神州心靈旅痕　夢魂迴盪千載

青海湖（青藏高原）

青色雲海聆仙樂，
遠近俯平不同色；
自然美景山逶迤，
最是醉人湖畔澤。

喀納斯湖（新疆布爾津縣北部）

喀納斯湖神秘客，
藍綠紅橘變湖色；
活水彎月白樺景，
古稱天堂大家樂。

註：千百年來，傳說湖中有「湖怪」，尚未證實。

輯 三

神州心靈旅痕　夢魂迴盪千載

西湖（浙江省杭州市）

王母明珠落凡塵，
白蛇許仙恆傳神；
詩人蘇堤永懷念，
西湖十景憶良辰。

茶卡鹽湖（青海省）

茶卡鹽湖意是海，
璀璨明珠風采開；
鹽中之寶食千年，
海市蜃樓有神彩。

輯 三

神州心靈旅痕　夢魂迴盪千載

肇慶星湖（廣東省肇慶市）

西湖陽朔聚肇慶，
黃帝鑄鼎遊七星；
石室藏奇摩崖洞，
秀麗峰峻水月雲。

日月潭（台灣省南投縣）

寶島明珠日月潭，
風光古迹人稱讚；
民族法師存遺骨，
歌舞詩意夜闌珊。

神州心靈旅痕　夢魂迴盪千載

洱海（雲南省大理白族自治州）

蒼山水光聞洱海，

三島四洲最多彩；

五湖九曲千古名，

白族發展大未來。

漓江 （廣西省桂林壯族自治區東北）

奇峰秀水在漓江，
灘潭飛瀑墨畫香；
奇峰倒影烟迷夢，
神仙洞府五彩亮。

廣西名仕園。
（陳鳳嬌 攝，2008年）

神州心靈旅痕　夢魂迴盪千載

塔里木河（新疆維吾爾自治區塔里木盆地）

水上迷宮塔星木，
綠色走廊母親河；
濃蔭蔽日胡楊林，
無疆野馬愛天澤。

三江并流（雲南省西北部）

三江并流採雲南，
丹霞泉華澗險灘；
關鍵地帶生態庫，
淨土夢境我河山。

三江併流。
（雲南，洪玲妙　攝，2007年）

輯　三

神州心靈旅痕　夢魂迴盪千載

德天瀑布（廣西大新縣・中越邊境）

德天瀑布跨兩國，
洪流滾滾飛燕愁，
嬌媚景致四季變，
唯美空靈不能說。

廣西德天瀑布，左半越南，右半中國。
（陳鳳嬌攝，2008年）

黃果樹瀑布（貴州省）

凌空飛流黃果樹，
萬馬奔騰萬人鼓；
千峰奇洞犀牛潭，
雄奇神州第一瀑。

輯　三

神州心靈旅痕　夢魂迴盪千載

壺口瀑布（山西省吉縣城）

壺口秋風千層浪，
自古旱地船奇航；
飛鳥不渡壺口關，
巨龍擺尾千年夯。

黃土高原（中國中部偏北）

黃土高原炎黃族，
千溝萬壑文化古；
文化復興救全球，
民族搖籃創鴻儒。

輯 三

神州心靈旅痕　夢魂迴盪千載

五彩灣（新疆維吾爾自治區）

火燒化石五彩城，

茫茫戈壁異彩燈；

天工畫藝現代派，

熊熊烈火霧繞昇。

小寨天坑（四川省重慶市奉節縣）

地底世界有天窗，
岩溶漏斗地貌荒；
喀斯特谷天工奇，
天下一坑世無雙。

輯　三
神州心靈旅痕　夢魂迴盪千載

織金洞（貴州省織金縣東北）

童話世界織金洞，

天成國寶在洞中；

織金洞外無洞天，

環宇奇觀地下宮。

香格里拉（雲南省迪慶藏族自治州）

消失地平線示現，
香格里拉伊甸園；
四大教派幻仙境，
人間淨土雲南天。

香格里拉田園
（雲南，洪玲妙 攝，2007年）

輯 三

神州心靈旅痕　夢魂迴盪千載

石林（雲南石林彝族自治縣）

莽蒼聳立黑森林，

劍戟插天黛剪影；

彝族寶地石林秀，

天地絕奇石絕景。

武陵源（湖南省西北部）

武陵源潭瀑泉谷，
洞穴學研究寶庫；
人間仙境生靈園，
霞日雪松神秘湖。

張家界。

輯 三

神州心靈旅痕　夢魂迴盪千載

九寨溝（四川省阿垻藏族羌族自治州）

張藝謀英雄幻夢，
九寨溝碧藍澈澄；
人間仙境夢江山，
熊貓鴛鴦情歌聲。

稻城（四川省甘孜藏族自治州南部）

香格里拉傳稻城，
星羅棋布風景勝；
碧藍鑲玉珍珠海，
雲峰雪飛靈歌騰。

輯 三
神州心靈旅痕　夢魂迴盪千載

黃龍（四川省松潘縣）

千層碧水走黃龍，
金沙鋪地凌霄聲；
盤臥峻嶺天地絕，
人間瑤池神州風。

塔克拉瑪干沙漠（新疆省塔里木盆地）

塔克拉瑪干沙漠，
茫茫河海叫人愁；
死海胡楊三千歲，
絲路遺址古村多。

神州心靈旅痕　夢魂迴盪千載

將軍戈壁（新疆准噶爾盆地東部）

將軍戈壁唐軍情，

海市蜃樓刀劍影；

紅柳梭梭茇茇草，

魔鬼恐龍新聞新。

火焰山（新疆吐魯番盆地北部）

紅日高燒火焰山，
老孫三借芭蕉扇；
絲路高昌回鶻王，
瓜果飄香水潺潺。

神州心靈旅痕　夢魂迴盪千載

羅布泊（新疆若羌縣東北部）

樓蘭王國羅布泊，

早已壞滅剩骨頭；

湖泊山水已乾涸，

千年一嘆尚多惑。

烏爾禾魔鬼城（新疆拉瑪依市烏爾河區）

烏爾禾鎮魔鬼城，
城中地府神無能；
自然景觀鬼斧工，
毛骨悚然鬼叫聲。

輯 三

神州心靈旅痕　夢魂迴盪千載

阿里（青藏高原北部羌塘高原核心地帶）

千山之巔的屋脊，
古格王國世珍奇；
世界中心萬川源，
朝山成佛莫懷疑。

鳴沙山（甘肅敦煌市西南）

鳴沙山中古來奇，
絲路敦煌在這裡；
月牙泉神靈更絕，
洗心山靈神情怡。

神州心靈旅痕　夢魂迴盪千載

雅魯藏布大峽谷（西藏東南）

雅魯藏布大峽谷，

幽深奔騰到地府；

最後祕境在屋脊，

天下一彎神奇路。

長江三峽（瞿塘峽、巫峽、西陵峽）

三峽美景看不盡，
李白杜甫好心情；
新的能源育子民，
廿一世紀中國新。

輯三

神州心靈旅痕　夢魂迴盪千載

太魯閣大峽谷（台灣省花蓮縣）

太魯大峽峰插天，

懸崖萬仞泉幽鮮；

中橫九曲念榮民，

東海畫廊峻峭險。

怒江大峽谷（中緬邊境）

中緬邊境怒江谷，
水無不怒石如虎；
絕壁飛瀑駿馬奔，
醇厚濃郁各民族。

神州心靈旅痕　夢魂迴盪千載

祁連山草原（青海省與甘肅省交界）

祁連草原原碧連天，
蒼茫浪漫意象鮮；
匈奴回鶻溶炎黃，
牛羊菜花舞翩翩。

坝上草原（河北豐寧滿族自治縣）

秋高氣爽牛羊群，
駿馬奔騰如茵景；
綠野花香圖靜怡，
碧水潺潺茂密林。

輯 三

神州心靈旅痕　夢魂迴盪千載

呼倫貝爾草原（內蒙古、大興安嶺間）

呼倫貝爾大草原，
碧綠翡翠四季鮮；
牛羊馬群唱靈歌，
芳草連天河蜿蜒。

天涯海角（海南省三亞市）

天涯真的有海角，
碧綠藍天烟波淼；
南天一柱懷蘇亭，
婆娑椰林影瀟瀟。

輯 三

神州心靈旅痕　夢魂迴盪千載

西沙群島（海南省東南約330公里）

晶瑩剔透西沙景，
珊瑚簇簇氣象新；
彤彤晚霞舖滿天，
無限神秘撩思情。

鼓浪嶼（福建省廈門市）

音樂搖籃鼓浪嶼，
十三國殖民太奇；
萬國建筑博覽會，
有街無車靜怡兮。

神州心靈旅痕　夢魂迴盪千載

亞龍灣（海南省南部）

天下獨一亞龍灣，

碧水藍天影帆船；

仙境勝過夏威夷，

沙柔風情心而軟。

東寨港紅樹林（海南省瓊山）

海底森林在東寨，
綠色長城樹懷胎；
碧綠如黛繁衍生，
生生不息水去來。

輯三

神州心靈旅痕　夢魂迴盪千載

香港

東方明珠真香港，

人香土香九七夯；

華燈初上怡然得，

濃妝淡抹仙女香。

平瑤古城（山西省中部）

平瑤古城華爾街，
黃帝蚩尤下戰帖；
古迹建筑都寶庫，
遊人如織錢不歇。

神州心靈旅痕　夢魂迴盪千載

鳳凰古城（湖南土家族苗族自治州鳳凰縣）

湘西邊城歌悠然，
吊腳古樓漫龍潭；
最美小城唐明珠，
靜臥沱江深修禪。

麗江古城（雲南省麗江縣）

麗江古城奪天工，
金沙白族漢藏風；
歲月停格八百年，
麗水潺潺商旅通。

香格里拉的少數民族。
（雲南，洪玲妙 攝，2007年）

神州心靈旅痕　夢魂迴盪千載

皖南古村落（安徽省黃山市）

黟縣宏村群山環，

東方文化博物館；

明清建筑野故宮，

臥虎藏龍劍影翻。

註：奧斯卡獎電影大片「臥虎藏龍」，很多鏡頭取景於此。

福建土樓（福建、廣東、江西三省交界）

環型土樓世奇葩，
客家民族圖發達；
建筑史上展奇迹，
嚴防洋族鐵蹄躪。

神州心靈旅痕　夢魂迴盪千載

開平碉樓（廣東省開平市）

開平碉樓頂穹窿，

中西藝術有大同；

羅馬歌德懸山頂，

渾然天成中國風。

烏鎮（浙江省桐鄉市）

商賈四集有烏鎮，
江南古鎮景傳神；
舟楫寥寥水閣漂，
吳越春秋夢遺沉。

神州心靈旅痕　夢魂迴盪千載

屯溪老街（安徽省黃山市）

活的清明上河圖，

屯溪老街宋風古；

徽商徽派宋徽宗，

停格千年旅人福。

周庄（江蘇省昆山市）

中國水鄉在周庄，
千年古風人神往；
水陸平行河街鄰，
小橋流水景無雙。

神州心靈旅痕　夢魂迴盪千載

萬里長城

神龍萬里展雄風，
蜿蜒巍峨千年聳；
天下第一山海關，
和平生存而不攻。

北京故宮

華夏寶物滿故宮，
國家分裂變成空；
一九四九大搬風，
寶物何時回宮中。

輯 三

神州心靈旅痕　夢魂迴盪千載

天壇（北京崇文區西南）

皇帝祭天在天壇，
宇宙圓形想當然；
壇廟建筑世奇絕，
一統天下一江山。

布達拉宮（西藏拉薩市）

唯美神殿布達拉，
文成公主功勞大；
佛教聖地普陀山，
漢藏一家佛菩薩。

神州心靈旅痕　夢魂迴盪千載

承德避暑山莊（河北省承德市）

北疆指揮也避暑，
皇家園林最翹楚；
普陀宗乘布達拉，
世界遺產神州圖。

孔廟孔府孔林（山東省曲阜市）

高祖劉邦太牢祭，
開創祭孔舞八佾；
至聖先師奎星閣，
舉世一族亦唯一。

神州心靈旅痕　夢魂迴盪千載

武當山古建築群（湖北省丹江口市）

雄奇險秀幽武當，

道家仙山日月長；

真武大帝紫霄宮，

採藥煉丹神仙夯。

雲岡石窟（山西省大同市）

雲岡石窟世無双，
藝術寶庫真輝煌；
飛天樂舞菩提樹，
見性成佛各有方。

神州心靈旅痕　夢魂迴盪千載

龍門石窟（河南省洛陽伊河岸）

龍門石窟古勝景，
盧舍那佛現真情；
蓮花石刻花盛開，
釋迦牟尼法恆新。

大足石刻（四川省重慶市大足縣）

大足石刻鑿哲學，
儒佛道經千年邂；
菩薩雍容破時空，
中華各族情繾綣。

逐鹿神州　為何而戰？

蘇州園林（江蘇省蘇州市）

中華文化意象圜，
亭台樓閣廊開軒；
意境深邃超自然，
古典主義月娟娟。

頤和園（北京海淀區）

古典婉約頤和園，
移天縮地真花錢；
西方列強偷盜搬，
麒麟神牛鎮萬年。

北京頤和園，十七孔橋。

神州心靈旅痕　夢魂迴盪千載

明清皇家陵寢建築群

（江蘇、北京、湖北、河北、遼寧）

皇家陵墓勢磅礴，
身子躺下差不多；
人潮磅礴拼經濟，
今人賣祖好過活。

都江堰（四川省成都市）

李冰父子果然神，
都江堰成經濟昇；
千百年來天俯國，
水利奇迹世世堪稱。

神州心靈旅痕　夢魂迴盪千載

坎兒井（新疆省吐魯番）

地下長城有萬里，
千年工程都說奇；
茫茫戈壁變果園，
維吾子民創神迹。

京杭大運河（北京到杭州貫通六省市）

大運河連大一統，
南北貫通經濟動；
聯結六省接古今，
大業尚在榮華空。

神州心靈旅痕　夢魂迴盪千載

元陽梯田（雲南省元陽縣）

元陽哀牢七民族，

崇山峻嶺分層住；

巧奪天工一系統，

自然人文熔一爐。

大興安嶺（內蒙古及黑龍江北）

大興安嶺綠寶庫，
林農資源大聚儲；
鄂溫克和鄂倫春，
半農半獵善歌舞。

神州心靈旅痕　夢魂迴盪千載

神農架（湖北、陝西、四川三省交界）

神農架留神腳印，

四季妙景妙神情；

中國鴿子即珙桐，

華中林海聳脊嶺。

西雙版納（雲南省西南端）

西雙版納三王國，
動物植物藥材多；
傣族奇風濃郁情，
唯美自然莫云說。

神州心靈旅痕　夢魂迴盪千載

四姑娘山（四川省西部小金、汶川兩縣間）

四姑娘山講唯美，
銀光泉瀑秀不絕；
姿容飄逸美少女，
雲纏霧繞白紗雪。

梵淨山（貴州省江口、松桃、印江三縣交界）

梵天淨土靈山秀，
金絲猴在此得救；
懸瀑飛瀉鳳凰山，
金頂佛光好禪修。

神州心靈旅痕　夢魂迴盪千載

扎龍（黑龍江省齊齊哈爾市）

鶴的故鄉在扎龍，
珍禽天堂最得寵；
丹頂仙鶴祥長壽，
遠眺尚有鷺鸛鴻。

臥龍（四川省汶川縣）

臥龍國寶是熊貓，
為兩隻貓台灣燒；
白唇鹿和金絲猴，
小馬新政都來好。

神州心靈旅痕　夢魂迴盪千載

東方小巴黎哈爾濱（黑龍江省）

俏麗之城哈爾濱，
松花玉帶柳樹新；
音樂冰城天下聞，
中西合璧嫵媚情。

足球槐花服裝城大連（遼寧省）

最適人居在大連，
烟波浩渺三海間；
四季花海零污染，
旖旎奇麗異從前。

輯　三

神州心靈旅痕　夢魂迴盪千載

東方瑞士青島（山東省）

紅瓦綠樹海天藍，

東方瑞士山水湛；

秦皇徐福田橫事，

旅人迷醉到嶗山。

近代中國縮影上海（長江三角洲）

近代中國有窗口，
革命造反一條河；
中西交匯展新局，
當代明珠新特色。

神州心靈旅痕　夢魂迴盪千載

澳門（廣東省珠江口西南）

天下賭王在澳門，
賭聖之上有賭神；
中西合璧很迷人，
一夜致富可能真。

為何而戰？

逐鹿神州

涿鹿之戰

黃帝蚩尤涿鹿戰，
華夏文明意不凡；
從此神州一共主，
萬世一統有多難？

涿鹿神州 為何而戰？

湯放桀鳴條之戰

（前一七六六年）

無道昏君獨夏桀，

腐敗墮落偷苟且；

人民革命基本權，

典範彌新夷湯崛。

武王伐紂牧野之戰

紂王無道如阿扁，
日夜胡搞妻妖奸；
女媧姜子牙生氣，
武王伐紂都全殲。

宋楚泓水之戰

（周襄王十四年、前六三八年）

宋襄公自命仁者，
楚軍半渡不擊扯；
列陣未畢也不戰，
宋軍慘敗無奈何！

晉楚城濮之戰

（周襄王廿年、前六三二年）

晉楚兩軍戰城濮，
中原板蕩人心浮；
晉勝楚敗夏文化，
海洋文化屬荊楚。

輯　四

逐鹿神州　為何而戰？

晉楚邲之戰

（周定王十年、前五九七年）

晉軍不合口交輪，
孫叔敖有謀強楚；
楚王祭河威中原，
晉景公雄才圖復。

晉楚鄢陵（河南鄢陵）之戰

（周簡王十一年、前五七五年）

晉國戰略在圖霸，
大略陷楚苦哈哈；
鄢陵決戰霸業成，
子反自責去自殺。

註：「大略」即「大戰略」，子反是楚軍戰地指揮官，因戰敗自殺。

輯 四

逐鹿神州 為何而戰？

伊闕（今洛陽南）之戰（周赧王廿二年、前二九三年）

秦將白起殲魏韓，
廿四萬首級被斬；
齊王東帝正快活，
遠交近攻六國頂。

秦拔郢城（湖南江陵）（周赧王卅七年、前二七八年）

楚政腐敗放屈原，
白起大軍奇兵殲；
十萬楚軍頭落地，
楚王出逃老命懸。

輯 四

逐鹿神州 為何而戰？

秦滅趙長平會戰

（約山西長治北、周赧王五十五年、前二六〇年）

秦昭襄王大戰略，
王齕白起又心黑；
趙王趙括都無能，
四十五萬娘傷悲。

秦滅趙之戰

（秦王政十年到十九年）

始皇野略大操盤，
王翦三攻趙邯鄲；
李牧用兵打平手，
趙王昏庸不亡難。

註：「野略」，即野戰戰略。

逐鹿神州　為何而戰？

秦滅燕魏齊楚

（秦王政廿年到廿六年）

韓恤民命先投降，
荊軻刺秦留榜樣；
齊王不戰也稱臣，
六國皆亡中國強。

秦軍與項羽鉅鹿之戰

（秦二世三年、前二〇八年）

秦皇一死趙高囂，
同今邱義仁肖笑；
項羽鉅鹿戰秦軍，
章邯投降秦庭袄。

逐鹿神州　為何而戰？

劉邦入秦之戰

（秦二世三年、前二○七年）

劉邦萬人進咸陽，
獲得民心自然強；
藍田一戰子嬰降，
趙高邱某早變樣。

楚漢垓下會戰

韓信灑豆成神兵，
所向無敵殲項軍；
項羽垓下江邊死，
和平統一是民心。

逐鹿神州　為何而戰？

漢匈上谷之戰

（漢元光六年、前一二九年）

國家安全靠女人，
和親政策免強忍；
武帝決心硬起來，
衛青上谷斬魔神

霍去病取河西及祁連山

（漢元狩二年、前一二一年）

霍去病隴西擒王，
迂迴機動敵重創；
公孫敖合騎會師，
祁連山上敬吾皇。

逐鹿神州　為何而戰？

漢軍漠北戰匈奴

（漢元狩四年、前一一九年）

漢武帝夢幻編組，

右騎衛青出蒙古；

霍去病左出代郡，

十萬敵首掉頭顱。

漢匈決戰

（漢征和三年、前九〇年）

阿爾泰山平秋色，
李廣利敗無光澤；
單于嫁女双休戰，
百年大戰族溶合。

逐鹿神州 為何而戰？

劉秀復國

（西元廿五～三十六年）

王莽三一九竊國，
搞貪腐幾個年頭；
光復中興得民心，
警政壇人勿竊偷。

班超征西域

（西元七十三年～九一年）

三十六人馬西征，
五十五國臣服成；
政軍齊用双管下，
信念智慧一定能。

輯 四

逐鹿神州　為何而戰？

赤壁之戰

統一機制又啟動，
曹操百萬若群龍；
一個驕字敗赤壁，
孫劉十萬加東風。

（漢建安十三年、二〇八年）

孔明五次北伐

（西元二二七年～二三四年）

漢賊自古不兩立，

神州共主古來一；

幾次反攻都失敗，

出師表中說定律。

逐鹿神州　為何而戰？

祖逖北伐

（西晉建興元年、三一三年）

偏安政權都不安，
五胡二十二國饞；
祖逖一人空北伐，
桓溫北伐難上難。

淝水之戰

統一機制又啟動，

符堅百萬勢如風；

謝家孩兒八萬兵，

有胆有智爭一中。

（東晉太元八年、三八三年）

輯 四

逐鹿神州 為何而戰？

唐太宗征高麗

（唐貞觀十八年～廿三年）

箕子封國搞獨立，

玩統獨文字玩戲；

太宗生氣征高麗，

法源寺裡留正氣。

後晉石敬瑭賣國取位

（後晉天福元年、九三六年）

石敬瑭像陳水扁，

竊大位搞十億錢；

賣國割地換大位，

古來偷盜不新鮮。

逐鹿神州 為何而戰？

周世宗親征南唐

（後周顯德二年、九五五年）

雄才大略周世宗，
親征一統不久薨；
孤兒寡婦周恭帝，
趙匡胤起年建隆。

宋遼之戰

（九七九年～九九九年）

遼族崛起覷華夏，
大宋軍人軟腳蝦；
割地賠款稱兄弟，
澶淵之盟君昏瞎。

輯四

逐鹿神州　為何而戰？

宋夏百年戰事

（九八二年～一一二七年）

西夏小國打遊擊，
宋軍無力棋不舉；
打打談談拖百年，
北宋亡時人財虛。

宋金之戰

（一一二五年～一一四一年）

女真南侵真是惑，
殺掉岳飛可遠禍；
高宗秦檜顧大位，
昏君漢奸同一夥。

逐鹿神州　為何而戰？

宋蒙之戰

（一二三四年～一二七九年）

無敵戰神鐵木真，

大宋快垮已無神；

忠臣帝昺願赴死，

成仁取義入聖賢。

註：忠臣指文天祥、陸秀夫等人，帝昺是宋朝最後一個皇帝趙昺，死時才八歲。西元一二七九年二月蒙古軍追到厓山（今廣東新會縣南），陸秀夫背着這八歲的小朋友，跳海而死。

元太祖西征

（一二一九年～一二二五年）

孤兒寡婦展雄圖，
天才戰略誰不服？
滅金夏宋與西征，
西人哄兒不敢哭。

輯 四
逐鹿神州 為何而戰？

窩闊台西征

（一二三六年～一二四一年）

拔都奉命再西征，
血流成渠俄焚城；
再殲波日波聯軍，
英雄友愛兄弟能。

註：：拔都征俄國後，有日爾曼，波希米亞，波蘭組成「波日波」聯軍抗蒙古軍，均被全殲。拔都也是所有成吉思汗子孫中，最能友愛兄弟之人，欽察汗國是他所建立。

旭烈兀統軍三征

（一二五二年～一二五九年）

統軍三征旭烈兀，
降巴格達諸民族；
地中海國震翻天，
四大汗國拼贏輸。

輯四

逐鹿神州 為何而戰？

朱元璋北伐統一

（一三六七年～一三九八年）

摧枯拉朽元氣盡，
北伐統一首例行；
孔孫希學迎王師，
漢族復興氣象新。

註：朱元璋起義建大明朝，史稱「漢族復興之戰」。我國地緣戰略有一「神話」，南征易而北伐難，朱元璋的北伐統一是成功的首例，民國十八年蔣公北伐統一是第二例，餘無成功者。

燕王篡位之戰

（一三九九年～一四〇二年）

燕王篡位成明祖，

大儒方孝孺不服；

成王敗寇很弔詭，

至死不詔誅十族。

明成祖征蒙古

（一四一〇年～一四一四年）

成祖雄才征蒙古，

黃沙萬里敵飄忽；

五次劬勞戰場崩，

鄭和揚威算平服。

漢倭奴王國（日本）首次侵華（一五九二年～一五九九年）

豐臣秀吉白日夢，
併中朝亞洲主盟；
中日朝鮮七年戰，
無數人命成犧牲。

輯 四

逐鹿神州　為何而戰？

倭奴王國（日本）二次侵華（一八七一年～一八九五年）

田中奏摺征服論，
先奪朝鮮握乾坤；
甲午一戰取台灣，
倭奴小偷果然神。

倭奴王國（日本）三次侵華（一九三八年～一九四五年）

鬼子吃飽又手癢，
八年戰火一個樣；
燒殺擄掠屠城姦，
劣質物種到處搶。

逐鹿神州　為何而戰？

倭奴侵略成性

菊花與劍儒或侏？

強綁女人慰安婦；

擾隣成性搞女人，

壞事做盡不盡書。

註：美國人類學家潘乃（Ruth Benedict），在其名著《菊花與劍》（The Chrysanthemum and the Sword）論述，日本人侵略成性，人類學的原因，在各類人種中最欠缺人性。但他們表現於外是彬彬有禮，故心中滿是衝突，侵略屠殺成唯一「出口」。

鄭成功收復台灣之戰

（明永曆十五年、一六六一年）

台灣之父鄭成功，
收回台灣反攻中；
兩腿一蹬子台獨，
洪門相承正氣風。

逐鹿神州　為何而戰？

薩爾滸之戰

（明萬曆四十七年、一六一九年）

努爾哈赤五萬兵，
對四十萬明大軍；
內線作戰善揮灑，
有了戰略滿清興。

註：薩爾滸（位今撫順東約百里）之戰，努爾哈赤擅用「內線作戰」，為戰史上
的經典作品。

澎湖海戰

（清康熙廿二年、一六八三年）

康熙大帝用施琅，
閏六月降鄭克塽；
中國終歸又統一，
台獨聽來真是傷。

清代俄人侵華

俄人侵華有辦法，
恰克圖璦琿狡猾；
沒完沒了北京約，
搞的清庭皮皮剉。

鴉片戰爭

（一八三九年～一八四一年）

英國公然運鴉片，
土匪強盜強賣烟；
清庭腐敗無戰力，
割地丟人又賠錢。

太平天國起義

（一八五一年～一八六四年）

洪秀全稱像上帝，
起義造反都合理；
可惜欠缺國際觀，
裝神弄鬼不爭氣。

八國聯軍攻北京

（清光緒廿六年、一九〇〇年）

歷史舞台不新鮮。

亡國之君沒雞雞，

天文賠款腳目淹；

十四大盜來搬錢，

註：八國聯軍，但戰後拿銀有俄、德、法、英、日、美、意、比、奧、荷、西、葡、瑞及挪威，共十四國，賠款外加利息，又因我國「銀本位」制，換算西洋「金本位」制，辛丑賠款史稱「天文數字賠款」。

日俄戰爭

（一九〇四年～一九〇五年）

俄日打架到我家，
滿清昏庸老娘瞎；
東北子民真倒霉，
亡國亡種民抵押。

國民革命

四大寇是革命家，
秋瑾是民族女俠；
黃花崗役雲變色，
武昌一役新華夏。

國共內戰

是不是造反誰說？
有沒有篡竊也惑！
再過百年春秋筆，
公平正義有定奪。

本輯附記：以上各戰役的發生過程、各方用兵及戰略分析，詳見本書作者另著，《中國歷代戰爭新詮》，時英出版社，二〇〇六年七月出版。

輯　四

逐鹿神州　為何而戰？

國家圖書館出版品預行編目

赤縣行腳・神州心旅：迴盪千載的夢魂遊蹤 /
陳福成著. -- 一版. -- 臺北市：秀威資訊
科技，2009.12
　　面；　公分. -- (語言文學類；PG0317)
BOD版
ISBN 978-986-221-343-8 (平裝)

851.486　　　　　　　　　　98020858

語言文學類　PG0317

赤縣行腳・神州心旅
——迴盪千載的夢魂遊蹤

作　　　者/陳福成
發　行　人/宋政坤
執 行 編 輯/胡珮蘭
圖 文 排 版/蘇書蓉
封 面 設 計/陳佩蓉
數 位 轉 譯/徐真玉　沈裕閔
圖 書 銷 售/林怡君
法 律 顧 問/毛國樑　律師
出 版 印 製/秀威資訊科技股份有限公司
　　　　　　台北市內湖區瑞光路583巷25號1樓
　　　　　　電話：02-2657-9211　傳真：02-2657-9106
　　　　　　E-mail：service@showwe.com.tw
經　銷　商/紅螞蟻圖書有限公司
　　　　　　台北市內湖區舊宗路二段121巷28、32號4樓
　　　　　　電話：02-2795-3656　傳真：02-2795-4100
　　　　　　http://www.e-redant.com

2009 年 12 月　BOD 一版
定價：260 元

讀 者 回 函 卡

感謝您購買本書，為提升服務品質，煩請填寫以下問卷，收到您的寶貴意見後，我們會仔細收藏記錄並回贈紀念品，謝謝！

1. 您購買的書名：＿＿＿＿＿＿＿＿＿＿＿＿＿＿＿＿＿＿

2. 您從何得知本書的消息？

　　□網路書店　□部落格　□資料庫搜尋　□書訊　□電子報　□書店

　　□平面媒體　□ 朋友推薦　□網站推薦 □其他＿＿＿＿＿＿

3. 您對本書的評價：(請填代號　1.非常滿意 2.滿意 3.尚可 4.再改進)

　　封面設計＿＿＿　版面編排＿＿＿　內容＿＿＿　文/譯筆＿＿＿　價格＿＿＿

4. 讀完書後您覺得：

　　□很有收獲　□有收獲　□收獲不多　□沒收獲

5. 您會推薦本書給朋友嗎？

　　□會　□不會，為什麼？＿＿＿＿＿＿＿＿＿＿＿＿＿＿＿＿＿＿＿

6. 其他寶貴的意見：＿＿＿＿＿＿＿＿＿＿＿＿＿＿＿＿＿＿＿＿

＿＿＿＿＿＿＿＿＿＿＿＿＿＿＿＿＿＿＿＿＿＿＿＿＿＿＿＿＿＿

＿＿＿＿＿＿＿＿＿＿＿＿＿＿＿＿＿＿＿＿＿＿＿＿＿＿＿＿＿＿

＿＿＿＿＿＿＿＿＿＿＿＿＿＿＿＿＿＿＿＿＿＿＿＿＿＿＿＿＿＿

讀者基本資料

姓名：＿＿＿＿＿＿＿＿＿＿　年齡：＿＿＿＿　性別：□女 □男

聯絡電話：＿＿＿＿＿＿＿＿　E-mail：＿＿＿＿＿＿＿＿＿＿

地址：＿＿＿＿＿＿＿＿＿＿＿＿＿＿＿＿＿＿＿＿＿＿＿＿＿

學歷：□高中(含)以下　□高中　□專科學校　□大學

　　　□研究所(含)以上 □其他＿＿＿＿＿＿＿

職業：□製造業 □金融業 □資訊業 □軍警 □傳播業 □自由業

　　　□服務業 □公務員 □教職　□學生 □其他＿＿＿＿＿＿

(請沿線對摺寄回,謝謝!)

秀威與 BOD

BOD（Books On Demand）是數位出版的大趨勢，秀威資訊率先運用 POD 數位印刷設備來生產書籍，並提供作者全程數位出版服務，致使書籍產銷零庫存，知識傳承不絕版，目前已開闢以下書系：

一、BOD 學術著作—專業論述的閱讀延伸
二、BOD 個人著作—分享生命的心路歷程
三、BOD 旅遊著作—個人深度旅遊文學創作
四、BOD 大陸學者—大陸專業學者學術出版
五、POD 獨家經銷—數位產製的代發行書籍

BOD 秀威網路書店：www.showwe.com.tw
政府出版品網路書店：www.govbooks.com.tw

永不絕版的故事・自己寫・永不休止的音符・自己唱